(N° 3001)

COLLECTION DE MONSIEUR Z.

Vente du Mercredi 28 Mai 1913

HOTEL DROUOT — SALLE N° 8

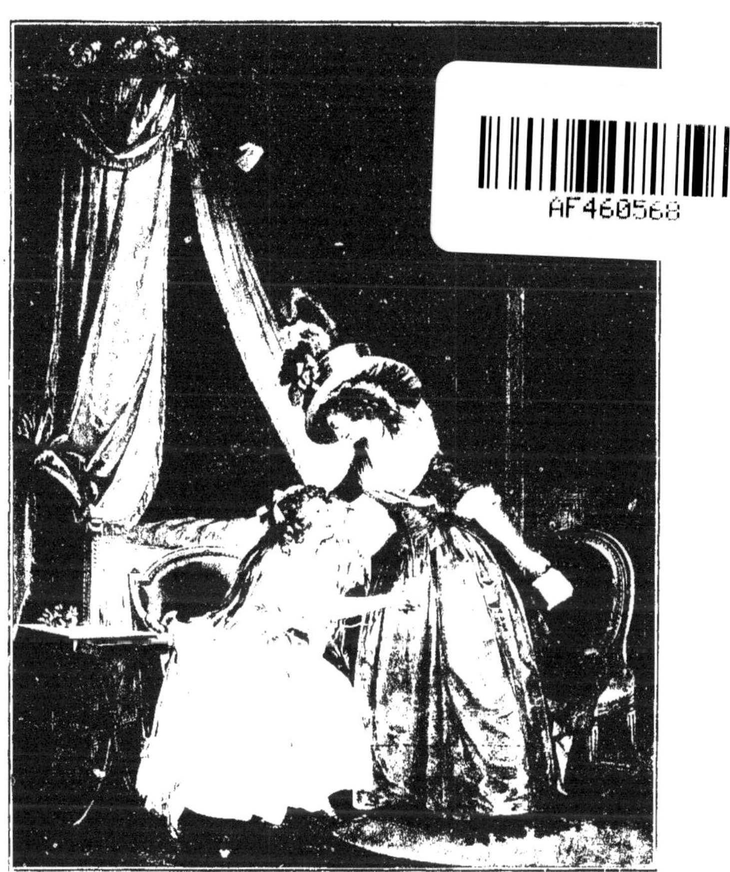

N° 65 du Catalogue.

ESTAMPES DU XVIIIe SIÈCLE

Mes F. LAIR-DUBREUIL & A. DESVOUGES — M. LOYS DELTEIL

EXPOSITION PUBLIQUE, HOTEL DROUOT, SALLE N° 8

Le Mardi 27 Mai 1913, de 2 heures à 6 heures

FRAZIER-SOYE

GRAVEUR-IMPRIMEUR

153-155-157, Rue Montmartre

PARIS

CATALOGUE

DES

ESTAMPES

DU

XVIIIe SIÈCLE

Composant la Collection de Monsieur Z...

Dont la vente aura lieu

à Paris, HOTEL DROUOT, Salle N° 8

Le Mercredi 28 Mai 1913, à 2 h. 1/2 précises

Par le Ministère de

Me F. LAIR-DUBREUIL	Me ANDRÉ DESVOUGES
COMMISSAIRE-PRISEUR	COMMISSAIRE-PRISEUR
6, Rue Favart, 6	*26, rue de la Grange-Batelière*

Assistés de M. LOYS DELTEIL, Graveur et Expert

2, Rue des Beaux-Arts

CONDITIONS DE LA VENTE

Elle sera faite au comptant.

Les adjudicataires paieront *dix pour cent* en sus des enchères.

M. Loys Delteil remplira les commissions que voudront bien lui confier les amateurs ne pouvant y assister.

MM. les Amateurs pourront visiter la collection, 2, *rue des Beaux-Arts*, du Mercredi 21 au Lundi 26 Mai 1913, de 2 heures à 5 heures *(le Dimanche excepté)*.

Exposition Publique, Hôtel Drouot, Salle N° 8,
le Mardi 27 Mai 1913, de 2 heures 6 heures

N° 47 du Catalogue.

DÉSIGNATION

BENNETT (d'après Miss T.)

1. *While, Celia...*, par C. White, 1785. Belle épreuve, *tirée en bistre*, avec léger rehaut.

BOILLY (d'après L.)

2. L'Attention — La Précaution. Deux pièces par S. Tresca, se faisant pendants. Très belles épreuves, *imprimées en couleurs* (petites piqûres).

3. La Jardinière — L'Amusement de la Campagne. Deux pièces par S. Tresca, se faisant pendants. Très belles épreuves, *imprimées en couleurs* (piqûres).

4. La Jarretière, par S. Tresca. Très belle épreuve, *imprimée en couleurs* (légères piqûres).

5. Ça ira, par Mathias. Très belle épreuve, *avant toute lettre.*

6. L'Amant favorisé, par A. M. De Gouy. Très belle épreuve, *coloriée.*

7. La Précaution. De forme ronde. Très belle épreuve, *imprimée en couleurs.*

8. Le Prélude de Nina (à Paris, chez Fillion). De forme ovale. Très belle et rare épreuve, *imprimée en couleurs.*

BOREL (Antoine)

9. Le Bacanal (ou le Bourgeois maltraité). Très belle épreuve.

10. La Bascule — Le Charlatan. Deux pièces, par J. A. Léveillé, se faisant pendants. Très belles épreuves *avant toute lettre et avant les filets d'encadrement, imprimées en couleurs.*

BOSIO (d'après D.)

11. Bal de l'Opéra. Belle épreuve, *coloriée.*

BOUCHER (d'après F.)

12. *A-a-a!* (ou l'Arrivée du Courrier), par A. M. De Gouy. Très belle épreuve, *imprimée en couleurs.*

CHALLE (d'après M A.)

13. Les Amans trahis par leurs ombres, par Wogls. Belle épreuve.

14. Jupiter et Léda, par J. B. Tilliard. Belle épreuve.

15. Quand l'Hymen dort, l'Amour veille, par Mauclair. Très belle épreuve, *imprimée en couleurs.*

16. The Officious Waiting wooman, par Chaponnier. Très belle épreuve, *avant la lettre.*

CHALLE et REGNAULT (d'après)

17. Chu-u-u (ou The Waiting officious wooman) — Cou-cou (ou Il dort). Deux petites planches de forme ovale, par A. M. De Gouy, se faisant pendants. Très belles épreuves, *imprimées en couleurs.*

N° 83 du Catalogue.

CIPRIANI et KAUFFMAN (d'après)

18. Bacchus et Ariane — *The Muses crowning the Bust of Pope.* Trois pièces par Bartolozzi, Copia et Tomkins. Belles épreuves (2 tirées en bistre).

DEBUCOURT (P. L.)

19. Les deux Baisers, 1786 (M. Fenaille 7). Très belle épreuve, *imprimée en couleurs.*

20. Le Menuet de la Mariée — La Noce au Château (8 et 21). Deux pièces se faisant pendants. Très belles épreuves, *imprimées en couleurs.*

21. Heur et malheur, ou la Cruche cassée — L'Escalade ou les Adieux du matin (12-13). Deux pièces, se faisant pendants. Très belles épreuves, *imprimées en couleurs.*

22. Annette et Lubin (22) — La Vieillesse d'Annette et Lubin. Deux pièces par Debucourt et Le Cœur, se faisant pendants. Très belles épreuves, *imprimées en couleurs.*

23. M. le Mis de La Fayette (23). Très belle épreuve, *imprimée en couleurs*, avec rehauts (légère cassure).

24. La Rose mal défendue — La Croisée (27-28). Deux pièces, se faisant pendants. Belles épreuves, *imprimées en couleurs*, avec rehauts (légères épidermures).

25. Lise poursuivie (29). Très belle épreuve, *avant la lettre* (filet de marge).

26. Que vas tu faire? (31). Belle et rare épreuve, à *la lettre grise, avant* l'adresse de Depeuille.

27. Berceau de Paul et Virginie — Les Premiers Pas de Paul et Virginie (54-55). Deux pièces, se faisant pendants. Belles épreuves, *imprimées en couleurs.*

28. Minet aux aguets (57). Belle épreuve, à *la lettre grise, avant l'adresse.*

29. Jouis Tendre Mère (58). Epreuve *tirée en deux tons.*

30. Ils sont Heureux (59). Très belle épreuve, *coloriée.*

N° 11 du Catalogue

N° 19 du Catalogue.

N° 62 du Catalogue.

N° 21 du Catalogue.

31. Modes et Manières du Jour (71-122), pl. 1 à 4, 6, 11 à 15, 17, 18, 22, 23, 26, 28, 32 à 34, 37, 38, 44 et 46, soit vingt-trois pièces *coloriées*, la plupart en très belles épreuves à grandes marges.

DE GOUY (A. M.)

32. Atrape — Tu la mérite!! Deux petites planches de forme ovale, se faisant pendants. Très belles épreuves, *imprimées en couleurs.*

33. La Curieuse. Très belle épreuve, *imprimée en couleurs.*

34. La Mère intéressante. Très belle épreuve, *imprimée en couleurs.*

DE GOUY — JOUBERT

35. Le Modèle disposé, d'après F. Schall — Ah s'il s'éveillait, d'apr. Regnault — Héloïse écrivant à Abelard. Trois petites pièces (une *imp. en couleurs*).

DEMARTEAU (G.)

36. Tête de Femme, d'après F. Boucher (nº 33). Très belle épreuve, *tirée en sanguine.*

37. Académie de Femme, d'après F. Boucher (nº 101). Très belle épreuve, *tirée en sanguine.*

38. La petite Blanchisseuse, d'après F. Boucher (nº 71). Très belle épreuve, *tirée en sanguine.*

39. Bergère, d'après F. Boucher (nº 163). Belle épreuve, *tirée en sanguine.*

40. Enfants, d'après F. Boucher (nº 109). Très belle épreuve, *tirée en sanguine* (les mots: *du Roi*, grattés).

41. Petite Marchande de Fleurs, d'apr. F. Boucher (nº 183). Très belle épreuve, *tirée en sanguine.*

42. Pastorale, d'après F. Boucher (n° 212). Très belle épreuve, *tirée en sanguine.*

43. Les deux petits Cuisiniers, d'apr. F. Boucher (n° 300). Très belle épreuve, *tirée en sanguine.*

44. Vénus et l'Amour endormis, d'après Boucher (n° 522). Belle épreuve, *tirée en sanguine.*

45. Idylle — Le Premier Navigateur (n°s 622-623). Deux pièces, d'après Le Barbier l'aîné, se faisant pendants. Très belles épreuves, *imprimées en couleurs* (petite cassure à une pl.).

46. Bacchanales (n°s 625-626). Deux pièces de forme ronde, d'après Le Barbier l'aîné, se faisant pendants. Très belles épreuves, *imprimées en couleurs.*

47. Les Saisons, d'après J. B. Huet (n°s 632 à 635). Suite de quatre pièces. Très belles épreuves, *imprimées en couleurs.*

48. La Nymphe à l'agneau — La Nymphe aux papillons (n°s 643-644). Deux pièces, d'apr. J. B. Huet, se faisant pendants. Superbes épreuves *imprimées en couleurs*, toutes marges.

49. Figures diverses, d'après F. Boucher (n°s 34, 145, 197, 201 et 257). Cinq pièces *tirées en sanguine.*

50. Figures diverses, d'après F. Boucher (n°s 106, 122, 123, 200, 202 et 233). Six pièces. Très belles épreuves, *tirées en sanguine.*

DUPLESSI-BERTAUX (d'après J.)

51. Le Charlatan François — Le Charlatan Allemand. Deux pièces par Helman, se faisant pendants. Superbes épreuves, *avant la dédicace.*

FRAGONARD (Honoré)

52. Bacchanale (8). Très belle épreuve.

Nº 20 du Catalogue.

N° 23 du Catalogue.

GARNERAY (d'après)

53. Le Roman, par J. M. Mixelle. Belle et fort rare épreuve du 1er état, à l'eau-forte pure.

54. La même estampe. Superbe épreuve *imprimée en couleurs.*

55. La même estampe. Très belle épreuve.

GÉRARD (d'après Mlle)

56. Le Triomphe de Minette — Je m'occupais de vous. Deux petites pièces par A. M. De Gouy. Belles épreuves, *coloriées.*

GUYOT (Laurent)

57. Les Soins maternelle (sic) et la Lecture interrompu (sic). Deux petits sujets de forme ronde, d'apr. Vangorp, tirés sur la même pl. Superbe épreuve, *imp. en couleurs.*

HARRIET (d'après F. J.)

58. Le Thé Parisien, par A Godefroy. Belle épreuve, *tirée en bistre* (pli).

HUET (d'après J. B.)

59. Ce qui est bon à prendre, est bon à garder, par A. Chaponnier. Très belle épreuve, *avant la lettre* (pli).

INCROYABLES (Estampes sur les)

60. La Science du Jour — La Danse des Croyables du Tems passé. Deux pièces. Très belles épreuves.

ISABEY (d'après J. B.)

61. Le Départ — Le Retour. Deux pièces par L. Darcis, se faisant pendants. Belles épreuves, *avant toute lettre* (petites restaurations à la 1re pl.).

JAZET (J. P. M.)

62. La Promenade du Jardin Turc, d'apr. J. J. de Bez. Très belle épreuve, *tirée en 2 tons* et rehaussée.

JEAURAT (d'après E.)

63. La Marchande de Cerises — L'Espiègle. Deux pièces de forme ovale, se faisant pendants. Superbes et rares épreuves, *avant toute lettre, imprimées en couleurs.*

LAVREINCE (d'après Nicolas)

64. Les deux Cages ou la plus heureuse, par de Bréa (19). Belle épreuve (légères cassures).

65. L'Indiscrétion, par F. Janinet (30). Superbe épreuve, *avant la lettre*, avec le nom de l'artiste à la pointe, imprimée en couleurs, grandes marges.

66. La Leçon interrompue, par G. Vidal (35). Très belle épreuve. Collection C. Bayard.

67. Nina, par Colinet (41). Très belle épreuve, *imprimée en couleurs.*

68. Le Petit Conseil par F. Janinet (48). Très belle épreuve, *imprimée en couleurs*, toute marge (légères piqûres).

LAVREINCE et TOUZÉ (d'après)

69. Mrs Merteuil and Miss Cécille Volange — Valmont and Emilie — Valmont and Présidt de Tourvel — La Présidente Tourvel. Suite de quatre pièces par Romain Girard. Très belles épreuves, *imprimées en couleurs* (légères cassures à une pl.).

LE CŒUR (L.)

70. Les Chagrins de l'Enfance, d'après Mouchet. Très belle épreuve du 2ᵉ tirage, *avec* les armoiries, *tirée en couleurs*. Collection Ligaud.

71. La Constitution Française. Très belle épreuve, *imprimée en couleurs*. Rare.

N° 47 du Catalogue.

LEGRAND (Augustin)

72. La Jolie Veuve. Très belle épreuve, *imprimée en couleurs*.

73. Miranda — Adieu d'Hector et d'Andromaque. Deux pièces. Très belles épreuves, *tirées en bistre*.

LEVACHEZ

74. *Oh! c'est bien ça*. Belle épreuve.

LONGUEIL (Joseph de)

75. Les Dons imprudents — Le Retour à la vertu. Deux pièces se faisant pendants. Très belles épreuves, *imprimées en couleurs.*

MALLET (d'après J. B.)

76. La Nouvelle intéressante, par J. M. Mixelle. Très belle épreuve, *imprimée en couleurs.*

77. Les Bonnes Amies, par De Sève. Belle épreuve.

78. La Curieuse indiscrette. Belle épreuve.

79. Chit chit ! .. — Par ici !... Deux pièces par Copia, se faisant pendants. Belles et rares épreuves, *imprimées en couleurs.*

REGNAULT (N. F.)

80. Le Bain — Le Lever. Deux pièces — la première d'après Baudouin — se faisant pendants. Belles épreuves, *imprimées en couleurs.*

81. Dors, Dors — Ah, S'il s'éveillait ! Deux pièces, se faisant pendants. Très belles épreuves, *coloriées*, toutes marges.

SAINT-AUBIN (d'après Aug. de)

82. *The First Come best served — The Place to the first occupier.* Deux pièces par A. Sergent, se faisant pendants (404-405). Très belles épreuves, *tirées en bistre.*

83. La Jardinière — La Savonneuse (416-417). Deux pièces par Phelippeaux, Julien et Morret, se faisant pendants. Très belles épreuves, *imprimées en couleurs* (petite épidermure à la 1re pl.). Collection Kihnen.

SCHALL (d'après F.)

84. L'Adroite confidente, par Vionet. Très belle épreuve.

N° 68 du Catalogue.

85. Le Bouquet Impromptu, par Aug. Legrand. Très belle épreuve.

86. Le Panier renversé, par Et. Beisson. Superbe épreuve, *avant toute lettre, imprimée en couleurs*, avec légers rehauts.

87. Le Modèle disposé, par A. Chaponnier. Très belle épreuve.

88. Le Modèle disposé, petite pièce de forme ronde. Très belle épreuve, *imprimée en couleurs.*

SERGENT (A. F.) — GUYOT (L.)

89. *The Magnetism — The Day's folly.* Deux pièces de forme ronde. Très belles épreuves, *imprimées en couleurs.*

SIMPSON (C.)

90. L'Ambigue, d'après Nuwley. Belle épreuve, *imprimée en couleurs* (plis). Très rare.

SMITH (d'après J. R.)

91. La Visite au Grand Père, par Le Cœur. Très belle épreuve, *imprimée en couleurs.*

SWEBACH-DESFONTAINES (d'après)

92. Caffée (sic) des Patriotes, par J. B. Morret. Très belle épreuve du 1er tirage, *imprimée en couleurs.*

93. Serment fédératif du 14 Juillet 1790, par Le Cœur. Très belle épreuve, avec le titre, mais *avant la légende.*

TAUNAY (d'après)

94. La Rixe, par C. M. Descourtis. Très belle épreuve, *tirée en bistre.*

VIDAL (G.)

95. La Cuisinière Françoise — Le Malin Cuisinier. Deux pièces, d'après Colibert et Gazard, se faisant pendants. Très belles épreuves. Collection Louis Galichon.

WILLE FILS (d'après P. A.)

96. La Dédicace du Poème épique — L'Essai du Corset. Deux pièces par Dennel, se faisant pendants. Belles épreuves, *avant toute lettre* (petites restaurations à une pl.). 240

N° 83 du Catalogue.

FRAZIER-SOYE

GRAVEUR-IMPRIMEUR

153-155-157, Rue Montmartre

PARIS

www.ingramcontent.com/pod-product-compliance
Ingram Content Group UK Ltd.
Pitfield, Milton Keynes, MK11 3LW, UK
UKHW020537180726
13839UKWH00006B/2561